Weihnachtliche Herzenswärmer

CHRISTA BOHLMANN

Weihnachtliche Herzenswärmer

Wahre und fantastische Kurzgeschichten

Bibliografische Information der Deutschen Bibliothek:
Die Deutsche Bibliothek verzeichnet diese Publikation in der
Deutschen Nationalbibliografie; detaillierte Daten sind über
<http://dnb.ddb.de> abrufbar.

2009 Christa Bohlmann

Herstellung und Verlag: Books on Demand GmbH.

Norderstedt

ISBN 978-3-8391-3269-2

www.bod.de

Inhalt

Meine Weihnachtserinnerungen

Am ersten Weihnachtstag 1945 erblickte ich das Licht der Welt. Dieses Ereignis schilderte meine Mutter mir früher immer in schillernden Farben. Ich konnte ihre Geschichte, die ja auch meine war, nicht oft genug hören:

Am 25. Dezember klapperte und polterte es am späten Nachmittag gewaltig vor dem Stubenfenster. Als sie der Sache nachging, fand sie in der Kälte den Klapperstorch, der gleich zwei kleine Christas im langen Schnabel trug. Sie durfte sich eine aussuchen und sie entschied sich für mich. An dieser Stelle ihrer Erzählung hatte ich jedes Mal das Bedürfnis, sie aus Dankbarkeit ganz fest in den Arm zu nehmen. Die Geschichte erschien durchaus glaubwürdig, denn

Christa Nummer zwei ging später in meiner Klasse. Wenn meine Mutter mal einen Grund fand, mit mir zu schimpfen, fragte ich mich, ob sie ihre damalige Entscheidung manchmal bereute. Ich war mir aber sicher, dass sie kein Umtauschrecht mehr hatte.

Meine knapp drei Jahre ältere Schwester Rosi hatte in meinem Geburtsjahr vom Weihnachtsmann eine Puppe bekommen, die selbstverständlich in Zukunft ebenfalls auf den Namen Christa zu hören hatte. Mit dieser Puppe Christa konnte sie wenigstens etwas anfangen – die konnte sie nach Herzenslust knuddeln und mit ihr spielen, was mit mir wohl noch nicht möglich war. So hatte ich vermutlich in den ersten Lebenswochen eine ernst zu nehmende Konkurrenz. Einmal soll Rosi sich beim Anblick ihrer kleinen Schwester geäußert haben: „Die ist ja ganz schön! Die soll aber wieder weg!" Die Angelegenheit erledigte sich zum Glück dann bald zu meinen Gunsten. Meine Mutter erinnerte sich noch häufig an die Äußerung der Hebamme, die ja durch mein dringendes Bedürfnis, auf die Welt zu kommen, um ihre Weihnachtsstimmung gebracht wurde. Weil ich den Durchbruch noch immer nicht geschafft hatte und meine Mutter die Wehen seit Stunden ertrug, soll sie auf Plattdeutsch geäußert haben: "Stell di nich so an! Rin ging woll beter als rut!"

Als ich größer wurde, genoss ich es, am ersten Weihnachtstag Geburtstag zu haben. Immerhin bekam ich am Heiligabend Geschenke und am darauf folgenden Morgen schon wieder. Es machte mich glücklich, fast mit dem Jesuskind zusammen Geburtstag zu haben und trug deshalb als Zeichen gern den Namen Christa. Ein paar Jahre später stellte ich dann fest: Auch wenn man Weihnachten Geburtstag hat, ist man noch längst kein Christkind, sondern lediglich ein ganz normaler Steinbock. Oder etwa eine Steinziege?

Intensiver Glaube ist etwas Besonderes und wenn es auch der Glaube an den Weihnachtsmann ist. Und ich habe sehr lange und intensiv geglaubt.

Jährlich wiederholte es sich: In der Vorweihnachtszeit waren plötzlich unsere Puppen verschwunden. Unglaublich – sie waren nicht aufzufinden! Uns wurde klar, dass der Weihnachtsmann sie geholt hatte, um sie mit neuen Kleidchen zu versorgen. Ich glaubte auch die Erklärungen: Der Weihnachtsmann saß in aller Herrgottsfrühe an Muttis Nähmaschine, um die Kleidchen zu nähen. Mit detektivischem Gespür krabbelte ich auf dem Fußboden herum, um wenigstens ein paar Stoffschnipselchen zu erwischen. Wenn ich erfolgreich war, machte mich das sehr glücklich. Einmal fand ich einen winzigen blau geblümten Stoffrest, bei dessen Anblick ich schon vor Freude aus dem Häuschen war. Geduldig wartete ich auf den Heiligabend und nahm meine Puppe im neuen blau geblümten Kleid überglücklich wieder in den Arm.

Ich erinnere mich noch heute an den Duft der selbst gebackenen Braunkuchen, der in der Adventszeit die Räume erfüllte. Als wir größer waren, durften wir beim Backen der Plätzchen helfen. Das Naschen von Kuchenteig rächte sich manchmal mit Bauchschmerzen, die ich gern in Kauf nahm.

Der Vorabend zum Nikolaustag ist mir auch in besonderer Erinnerung geblieben. Dann stellten wir empfangsbereit Teller auf die Fensterbank und entschieden uns extra für die tiefen Suppenteller, die unserer Meinung nach ein größeres Fassungsvermögen aufwiesen. Ich wollte nicht einschlafen, solange ich den Nikolaus nicht gehört hatte. Erst nachdem ich das unverkennbare Geräusch wahrnahm, das beim Füllen der Teller mit Braunkuchen und Nüssen entstand, konnte ich beruhigt einschlafen. Auf die anderen Überraschungen konnte ich getrost bis zum nächsten Morgen warten. Für mich war nur eins wichtig: Allen Gerüchten zum Trotz gab es den Nikolaus wirklich. Schließlich hatte ich ihn deutlich gehört. Es war so schön zu wissen, dass er uns auch in diesem Jahr nicht vergessen hatte.

Ein Weihnachtsfest ließ mich alle Bedenken über die Existenz des Weihnachtsmannes über Bord werfen. Ganz gegen jede Gewohnheit war plötzlich die Tür zum Dachboden fest verschlossen. Meine Eltern erklärten uns: „Da oben arbeitet der Weihnachtsmann. Er hat so viel zu tun und deshalb darf man ihn nicht stören." Gut, das hatte ich akzeptiert, doch fragte ich mich, ob er ausschließlich für uns oder auch für andere Kinder arbeiten würde. Wenn ich ihn doch wenigstens einmal sehen könnte! Immer wieder schlich ich nach oben, um durchs Schlüsselloch zu schielen. Ein kleines Gebet konnte schließlich noch ein paar Pluspunkte einbringen. Vor der Tür sagte ich meinen Vers laut und vernehmlich auf:

„Lieber guter Weihnachtsmann,

schau mich nicht so böse an.

Stecke deine Rute ein,

ich will auch immer artig sein."

Er schaute mich nicht böse an, er schaute mich

gar nicht an! Mein kleines Herz bebte vor

Erregung, als ich etwas Blau-Graues erspähte.

Ich war sicher, den Weihnachtsmann gesehen zu

haben. Es machte mich auch nicht stutzig, dass

er seinen roten Mantel nicht trug. Das Blau-

Graue musste sein Arbeitsmantel sein, da war

ich mir ganz sicher. Meine Besuche wurden

immer häufiger und die Gebete intensiver.

Leider nahm er keinerlei Notiz von mir, solange

ich mich oben aufhielt. Doch wenn ich wieder

nach unten ging, fielen ein paar Kekse über die

Stufen. Mal war es ein Tütchen voll, manchmal

nur einzelne Kekse. Ich war überglücklich, denn

sie waren eindeutig für mich. Der Gute hatte

mich doch erhört! Es störte mich nicht weiter,

dass sie aussahen und schmeckten wie Tante
Hedels Kekse. Sicher hatte sie ihr Rezept mit
dem des Weihnachtsmanns ausgetauscht.

Jahre später deckten meine Eltern meine blau-
graue Erscheinung auf: Rosi sollte ein Fahrrad
bekommen. Eine alte Wolldecke schützte es vor
Staub und neugierigen Blicken.

Grundsätzlich kam der Weihnachtsmann am
Heiligen Abend erst nach dem Abendessen, das
mir vor Aufregung gar nicht schmecken wollte.
Erst danach klingelte es auf dem Flur. Dieses
markante Klingeln hörten wir nur vor der Bescherung. Ach, wie klang das doch so wunder-
schön. Wir freuten uns über den geschmückten
Weihnachtsbaum und packten die liebevoll
ausgewählten Geschenke aus. Als wir Kekse
knabbernd und Nüsse knackend unsere Puppen

in den neuen Kleidern bewunderten, klingelte es
erneut. Wieder dieses einzigartige Klingeln!
Unter einem Vorwand schickten unsere Eltern
uns kurzfristig zu den Großeltern. Sie hatten
doch tatsächlich vergessen, die beiden Puppen-
Sportkarren zu den anderen Gaben zu stellen.
Uns erklärten sie: Als der Weihnachtsmann alle
Geschenke an die Kinder verteilt hatte und
Feierabend machen wollte, fand er noch die
beiden Puppenwagen auf dem Schlitten. Er
fragte das Christkind, wo denn noch zwei ganz
brave Mädchen zu finden seien. Die Wahl fiel
auf Rosi und mich! Dieses unbeschreibliche
Glücksgefühl ließ sich nicht in Worte fassen.

Irgendwann hatte ich festgestellt, dass es
zweierlei Sorten Mensch gibt. Vielleicht hatten
mir meine Cousins den Anstoß dafür geliefert.

Zu gern wollte ich die Unterschiede ergründen, aber wie? Dann kam der Geistesblitz. Ich ließ mir eine Jungenpuppe auf den Wunschzettel schreiben und war nun in froher Erwartung. Der Weihnachtsmann erfüllte meinen Wunsch, denn unter dem Tannenbaum saß wirklich eine Jungenpuppe in grüner Trachten-Latzhose und weißem Hemd. Noch bevor ich die Freude darüber aufkommen ließ, wollte ich es genau wissen und riss aufgeregt den Hosenlatz auf. Es reichte nicht, denn noch war nichts zu entdecken. Also, schnell runter mit der Hose! Ein wenig enttäuscht war ich doch, dass Hans, wie ich ihn gleich taufte, unten herum kein bisschen anders als meine Puppe Bärbel aussah. Trotzdem habe ich ihn noch sehr ins Herz geschlossen.

Ich glaube, es hat meine Eltern später sehr viel Mühe gekostet, mich davon zu überzeugen, dass es keinen Weihnachtsmann gibt, zumal Erwachsene doch nicht lügen dürfen.

Mama ist Maria

Puh, zwanzig Uhr - endlich Feierabend! Feierabend für Boris Zimmermann, der die Filiale
eines Juweliers in der Fußgängerzone leitete.
Sein Chef führte das traditionsreiche Hauptge-
schäft und überließ Boris die Verantwortung für
die kleine aber feine Filiale. Vor einer Stunde
hatte seine Mitarbeiterin das Haus verlassen,
denn sie wollte noch ein Last-Minute-Geschenk
besorgen. In der letzten Stunde fand er noch
Zeit, die Dekoration zu überprüfen und ein paar
schriftliche Dinge zu erledigen. Die stattlichen
Tageseinnahmen hatte er sorgsam und ge-
wissenhaft im Tresor untergebracht.
Er war froh, dass das hektische Weihnachts-
geschäft bald vorüber war. Gerade hatte er den

Kalender auf den 24. umgestellt. Morgen war endlich Heiligabend und der ganze Spuk war vorüber. Die ewige Dudelei der Weihnachtsmusik in der Fußgängerzone ging ihm auf die Nerven. „Jingle Bells", „White Christmas" und „Leise rieselt der Schnee", obwohl seit Tagen Schmuddelwetter angesagt war. Nasskalt und stürmisch präsentierte sich das Wetter. Feiner Nieselregen vermieste auch den Kunden die Weihnachtstimmung.

Nein, Boris war nicht gerade bester Laune. Wie verlogen die Menschen doch sein konnten. Gleich drei verschiedenen Herren hatte er heute Schmuck verkauft: Jeweils einen Ring der mittleren Preisklasse für die Gattin und ein Prunkstück für die Geliebte, die zwangsläufig während der Feiertage vernachlässigt werden musste. Ihm sollte es im Grunde egal sein,

Hauptsache, die Kasse stimmte. Er gab sich auch dann diskret und zuvorkommend und dachte sich seinen Teil.

Der 35- jährige Boris schaute noch einmal in den Spiegel. Der Stress der letzten vier Wochen war ihm durchaus anzusehen. Gut, dass er während der Feiertage relaxen konnte. Einfach die Decke über die Ohren ziehen und schlafen, schlafen, schlafen. Genau das war seine Vorstellung vom diesjährigen Weihnachtsfest. Im letzten Jahr hatte seine Ex-Freundin noch für weihnachtliche Stimmung gesorgt. Sie hatte die gemeinsame Wohnung weihnachtlich dekoriert, den Tannenbaum ausgesucht und ihn liebevoll geschmückt. Liebevoll würde sie das gleiche vermutlich in diesem Jahr bei ihren neuen Partner machen. Sollte sie doch! Vorbei ist vorbei! „Jetzt bloß nicht sentimental werden," dachte er, als er die Krawatte zurecht rückte, bevor er seinen Mantel anzog. Vorsichtshalber prüfte er noch einmal, ob die Ladentür wirklich von innen verschlossen war und verließ dann das Haus über den Seiteneingang, um noch eine Kleinigkeit zu essen.

Er stutzte, denn auf den Eingangsstufen kauerte zitternd ein kleine Junge. Der trug einen hellblauen Frotté-Schlafanzug mit einen großen braunen Teddy auf der Vorderseite. Einen kaputt geliebten Schmuddelhasen hielt er am langen Schlappohr fest. Seine nackten Füße steckten in Hausschuhen, auf dessen Spitzen jeweils ein Elch thronte. Die dunklen Knopfaugen des kleinen Jungen sahen ihn traurig und fragend an.

„Was machst du denn hier? Du kannst doch bei dem Wetter nicht hier draußen sitzen! Komm, geh schnell wieder rein,“ sprach Boris den

Kleinen an, in der Annahme, dass sein Zuhause in einer der Oberwohnungen war. Er zog ihn hoch und wollte ihn wieder ins Haus schieben. Doch der Zwerg machte sich steif und ließ sich nicht dazu bewegen, das Haus zu betreten.

„Du wohnst doch da oben? Wie heißt du denn?“ Der Junge mochte wohl drei oder vier Jahre alt sein. Er antwortete: „Nein, da wohne ich doch nicht! Ich heiße Tom.“

„Gut Tom, dann sag mir mal, wo du wohnst!“

„Zuhause!“

„Ja, und wo ist das?“

„Zuhause bei Mama!“

„Und wie heißt deine Mama?“

„Ulli! Aber Mama ist Maria!“

„Wie denn nun? Heißt sie Ulli oder Maria?“ So ganz geduldig klang Boris' Stimme nicht.

„Mama ist Maria!", wiederholte Tom ziemlich bestimmt.

„Und dein Papa? Wie heißt dein Papa?`", bohrte Boris weiter.

„Mein Papa ist doch im Himmel."

Auch das noch! Boris hatte Hunger. Weshalb musste gerade er den kleinen Knirps finden? Am besten, er riefe bei der Polizei an und ließ den Jungen abholen. Doch irgendwie konnte er das nicht übers Herz bringen. Der Arme würde vielleicht beim Anblick des Polizeiautos Angst bekommen. Boris seufzte, schloss das Geschäft wieder auf, schnappte sich das frierende Bündel Mensch und brachte es erst einmal ins Trockene. Obwohl er selten Umgang mit kleinen Kindern hatte, war Boris blitzschnell klar, was jetzt zu tun war. Schnell zog er Tom den nassen Schlafanzug aus und rubbelte den kleinen Körper

kräftig mit einem Handtuch ab. Dann zog er
seine Anzugjacke aus, hüllte ihn darin ein und
setzte ihn an die Heizung. Ihm fiel auf, wie gut
der Kleine roch, so natürlich und echt. Der
Junge hatte inzwischen wohl alle Ängste
abgelegt, denn beim Abrubbeln musste er richtig
jauchzen, weil er so kitzelig war.

Boris war gerührt, als er dieses Menschlein in
der großen Jacke auf dem Bürostuhl sitzen sah,
doch dann wurde er wieder ernst.

„Tom, sag mir, bist du einfach von Zuhause
weggelaufen? Deine Mama wird sich große
Sorgen machen.“

„Mama ist doch nicht da. Mama ist doch
Maria!“

„Hat deine Mama dich denn ganz allein ge-
lassen?“

„Nein!“ Und dieses „Nein“ klang fast ent

setzt. „Susi ist doch da.“

„Und wer ist nun wieder Susi?“

„Na, unser Babysitter.“

„Und hat Susi nicht auf dich aufgepasst?“

„Sie hat erst ferngesehen und dann ist sie eingeschlafen. Aber ich will doch zu Mami. Bringst du mich hin?“

Boris murmelte etwas Unverständliches in seinen nicht vorhandenen Bart. „Deine Mama heißt also Maria? Oder wie heißt sie noch weiter?“

„Ulli! Hab ich doch schon gesagt!“

„Kannst du mir sagen, wo du wohnst? Wie heißt die Straße?“

„Weiß ich nicht! Wir wohnen in einem großen roten Haus. Mama und ich!“

So kamen sie überhaupt nicht weiter. Am besten erschien es Boris nun doch, Tom bei der Polizei abzuliefern. Den nassen Schlafanzug durfte er ihm auf keinen Fall wieder anziehen. Er wickelte das Kind zunächst in seinen langen roten Wollschal und hüllte ihn wieder in seine Anzugjacke ein. Er selbst zog den Mantel über das Hemd, nahm Tom auf den Arm und verschloss den Mantel, so gut es ging. Er strich dem Jungen liebevoll über das Haar. Eine Geste, die ihm zwar gut stand, die er zuvor aber keinem Kind zukommen ließ.

Gerade als sie den Laden verlassen wollten, rief Tom aufgeregt:

„Warte! Hoppel muss mit!"

Boris drückte Tom den Schmuddelhasen in die Hand. Mit einem Arm umfasste Tom vertrauensvoll den Hals seines Beschützers, in der anderen Hand hielt er seinen Hasen am Langohr und ließ das Stofftier über Boris Rücken baumeln. Etwa

hundertfünfzig Meter waren es bis zum Parkplatz und Tom war wieder dem schaurigen Wetter ausgesetzt. Schützend legte Boris seine Hand über Toms Kopf und drückte ihn fest an sich. Unterwegs wollte er dem Kleinen klar machen, dass der Weg zu seiner Mutter nur über die Zwischenstation „Polizei" möglich war. Sollte die ominöse Schlafsusi den Ausreißer bereits vermissen, hatte sie sich bestimmt an die Polizei gewandt oder sie hatte Toms Mutter verständigt und sie in helle Aufregung versetzt. Boris wählte mit Bedacht die richtigen Worte, um das Findelkind nicht weiter zu verängstigen. Nachdem sie die Hälfte der Strecke zurückgelegt hatten, schrie Tom plötzlich auf: „Da! Da ist meine Mama. Mama ist doch Maria!"
Sein Zeigefinger wies auf die Kirche. Er wurde ganz aufgeregt und zappelte unter Boris Mantel.

„Wo ist deine Mama? Da in der Kirche?“

„Ja, ja in der Kirche. Mama ist Maria!“

Boris stutzte. Die Kirche war noch erleuchtet. Er drückte die schwere Klinke nach unten. Festliche Weihnachtsmusik erfüllte das Gotteshaus, die Boris jetzt gar nicht nervte. Gleich neben der Eingangstür konnte er lesen, dass heute die Generalprobe für das Krippenspiel stattfand. Vor dem Altar hatte die heilige Familie ihren Platz eingenommen. Eine ganz besonders hübsche langhaarige Maria mit dunklen Augen, die Toms Augen glichen, hatte alle Konzentration auf ihre Darstellung verloren, als Tom laut: „Mama, Mama“ rief.

Die Generalprobe wurde unterbrochen und Boris klärte die Situation auf.

Der fand Weihnachten gar nicht mehr kitschig, als er der Einladung gefolgt war und mit Tom und Ulli alias Maria unter dem Weihnachtsbaum saß.

Es dauerte nicht lange, bis Tom in Boris einen neuen liebevollen Vater gefunden hatte.

Walli, die Walnuss

Fünfzehn Jahre alt musste der Walnussbaum werden, bis er die ersten Früchte trug. Aber das lag schon fast zwanzig Jahre zurück. Der Baum mit seiner prächtigen Krone stand auf einem Bauernhof, ganz in der Nähe des großen Misthaufens. Damals hatte der Bauer diesen Standort bewusst ausgewählt, weil man dem Walnussbaum die Eigenschaft zuspricht, Fliegen zu vertreiben. Der Baum war unglaublich stolz, weil er und seine Artgenossen zum „Baum des Jahres 2008" gewählt wurde.

Seitdem er Früchte trug, hatte er sein Wissen über sich und Seinesgleichen an die Äste weitergegeben. Sie wiederum unterrichteten die Zweige, die nun jährlich Blätter und Früchte

über das ihnen bevorstehende Schicksal auf-
klärten. Und das geschah an einem lauen
Sommerabend Mitte Juli.

Zunächst wandten sich die Zweige an die Blätter
und beschrieben Größe und Beschaffenheit.
Aber das war den Blättern nicht neu, schließlich
hingen genug in ihrer Nachbarschaft, die sie
betrachten konnten. Viel wichtiger erschien die
Frage, was eines Tages mit ihnen geschehen
würde und sie drängten auf die Beantwortung
dieser Frage.

„Im Herbst, wenn die Tage kürzer werden,
beginnt ihr, euch gelb und braun zu verfärben.
Es ist uns Zweigen nicht mehr möglich, euch
mit Nahrung zu versorgen. Ihr fallt herunter und
auch in diesem Jahr wird der Bauer wieder
schimpfen, wenn er eure großen Blätter zusammen harken muss. Aber das ist eben euer

Schicksal, im Herbst habt ihr ausgedient. Erst im nächsten Frühjahr wird der Baum ein neues Laubkleid tragen." Ein bisschen betroffen reagierten die Blätter schon.

Jetzt waren die vielen Nüsse neugierig auf die Aussichten für ihre Zukunft.

„Einige Früchte werden bereits halb reif im Frühsommer geerntet. Dann trägt die weiße Frucht ein dünnes grünes Häutchen, das recht bitter schmeckt. Die Menschen nutzen die noch grünen Hüllen zum Beispiel zum Tönen der Haare. Auch in der Naturheilkunde finden die Frühchen Verwendung, denn man schätzt vor allem die antiseptische und blutreinigende Wirkung. Richtig reif seid ihr erst Ende September, Anfang Oktober. Dann merkt ihr schon, wie es euch in der grünen Haut zu eng wird. Ihr fallt herunter und purzelt meist aus der

Hülle heraus. Der Bauer freut sich schon auf die Ernte, denn unser Baum hat einen wunderbaren Standort. In diesem Jahr wird er mehr als zwanzig Kilogramm ernten können."

„So viele?" Die Nüsse waren schon ganz aufgeregt, denn sie wussten, dass der Unterricht noch nicht vorüber war. Nur Walli verhielt sich ruhig. Sie war an einer ungünstigen Stelle zwischen zwei Zweigen gewachsen und konnte sich nicht so richtig entfalten. Aus diesem Grund war ihre Hülle etwas schief geraten. Sie war traurig, weil sie deshalb von den anderen Früchten verhöhnt und verspottet wurde.

„Der Bauer sucht euch sorgfältig auf, reinigt und trocknet euch, damit der Schimmelpilz keine Chance bekommt, euch unbrauchbar zu machen. Einige von euch werden zu Walnussöl verarbeitet, das bei den Menschen als Delikatesse gilt. Kann auch sein, dass ihr fein gemahlen in leckerem Kuchen verarbeitet werdet. Walnusshälften verzieren manchmal Marzipanpralinen. Oder die Menschen knacken eure harte Schale, um eure Früchte zu vernaschen. Einige von euch werden in der Vorweihnachtszeit in hübschen Adventsgestecken verarbeitet und dürfen vier Wochen lang in der warmen Stube stehen und die Menschen erfreuen. Nur wenigen ist es vergönnt, vergoldet zu werden, um den Weihnachtsbaum zu schmücken. Kurzum, ihr seid bei den Menschen beliebt und findet vielseitig Verwendung, nicht zuletzt wegen der geschätzten Omega 3-Fettsäuren, wenn es um den Verzehr geht.

Aber nicht nur die Menschen sammeln euch auf. Fast allen Nagetieren dient ihr als wertvolle Nahrung. Ihr könnt das „Überraschungsei" für

Eichhörnchen, Hamster, Ratten und Co. sein. Sogar Vögel wissen den Inhalt eurer harten Schale zu schätzen, nur haben sie oft Schwierigkeiten, an die Köstlichkeit zu gelangen."

Die Zweige waren längst noch nicht fertig, doch ihre Worte gingen im Stimmengewirr der Nüsse unter, weil sie so aufgeregt waren. Jede malte sich ein Wunschschicksal aus. Die meisten von ihnen träumten davon, vergoldet zu werden. Das musste das Größte sein! Nur Walli verhielt sich immer noch mucksmäuschenstill.

Wie von den Zweigen angekündigt, fielen die Nüsse Anfang Oktober vom Baum. Einige juchzten dabei, in der Erwartung einer bestmöglichen Verwendung.

Irgendwann gelang es auch der etwas unrunden Walli, sich aus den Fängen der Zweige zu lösen und fiel vom Baum in eine ungewisse Zukunft.

Am Rand des Misthaufens blieb sie liegen und wartete auf Mensch oder Tier. Doch nichts geschah und das machte sie sehr, sehr traurig. Laub bedeckte ihre Schale und sie hielt einen langen Winterschlaf.

Erst im Frühjahr erwachten ihre Lebensgeister wieder. Aber was war das? Sie spürte richtig starke Bauchschmerzen. Es quälte sie ein fast unerträgliches Völlegefühl, das so stark war und sie zum Platzen brachte.

Ein zarter Keim aus ihrem Innern suchte sich am Rande des Misthaufens Halt und begann zu wachsen. Es dauerte noch ein paar Wochen, bis der Bauer das klitzekleine Bäumchen entdeckte. Winzige Tautropfen saßen auf dem ersten Blättchen und glänzten in der Sonne. Behutsam grub der Bauer es aus und setzte es einen sorgsam ausgewählten Standplatz.

„Wachs du nur schön! In fünfzehn Jahren wirst
auch du die ersten Früchte tragen.“
Die kleine Walli gab sich große Mühe, schnell
und gerade zu wachsen.

Weihnachten verschieben?

Die Engel hörten es schon von weitem: Der Weihnachtsmann kam von einer Inspektionstour auf der Erde zurück. Die Glöckchen am Schlitten klingelten eine liebliche Melodie. Doch das Klingeln der Glocken wurde jetzt von heftigem Husten, Niesen und Stöhnen übertönt. Wer um alles in der Welt musste sich da so sehr quälen? Das sollte doch wohl nicht der Weihnachtsmann sein? Doch! Er war es, der keuchend und mit hängenden Schultern vom Schlitten stieg. Mit letzter Kraft gab er dem Rauhbein Knecht Ruprecht Anweisungen und verschwand im großen, hell erleuchten Weihnachtshaus, in dem sich nicht nur sein Wohnbereich, sondern auch die riesige Weihnachtswerkstatt befand. In der Werkstatt herrschte noch Hochbetrieb, weil die kleinen Engel die Wunschzettel der Kinder studierten und liebevoll Geschenke verpackten.

Der Engel Gabriela sorgte seit Jahr und Tag für das Wohlergehen des Weihnachtsmannes. Doch so wie heute, hatte sie ihn noch nie gesehen. Er war krank! Und wie! Und das, nachdem der dritte Adventssonntag schon vorüber war und Weihnachten quasi vor der Tür stand.

Besorgt fragte sie ihn nach der Ursache seines Unwohlseins und wollte ihm den schweren Mantel abnehmen. „Nein, gib ihn wieder her. Mir ist so kalt, ich glaube, ich habe hohes Fieber", keuchte er und wurde dabei immer wieder von Hustenattacken unterbrochen. Seine Augen waren stark gerötet und es schien, als würde er schlecht Luft bekommen. Polternd ließ er sich auf sein Bett fallen. Etwas grimmig zog Gabriela ihm die schweren Stiefel aus, die bereits schmutzige Spuren auf der Bettwäsche hinterlassen hatten.

„Armer Weihnachtsmann! Ich koche dir eine kräftige Hühnersuppe, die wirkt Wunder", schlug Gabriela vor.

„Nichts da, ich mag nichts essen. Alle Glieder tun mir weh, hatschi, hatschi!"

Gabriela schüttelte den Kopf und überlegte, wie sie ihrem Chef helfen könnte. Chef? Der Weihnachtsmann war seit unzähligen Jahren mehr als das und die anderen Engel hatten schon häufig darüber getuschelt, welcher Art das Verhältnis des Weihnachtsmanns zu Gabriela wirklich war.

Gabriela eilte ins Bad und war gleich wieder zur Stelle. In der einen Hand trug sie das weihnachtliche Fieberthermometer und in der anderen eine heiße Wärmflasche.

Ihr fiel auf, dass seine tiefen Furchen auf der Stirn noch viel tiefer als sonst waren. Sein Zustand war in der Tat besorgniserregend – so niedergeschlagen hatte sie ihn, den starken Weihnachtsmann, noch nie gesehen.

„Geh jetzt, geh!", herrschte der sie an. Diesen barschen Ton kannte sie sonst nicht von ihm.

„Aber ich kann dir doch noch Wadenwickel machen! Hast du schon Fieber gemessen?" Irgendwie war Gabriela ratlos.

„Kein aber! Geh jetzt, sonst stecke ich dich noch an", war seine Antwort.

„Ich weiche keinen Schritt von deiner Seite und werde gleich den Arzt holen", entschied die Besorgte.

„Wart noch! Hol dir einen Stuhl und setz dich hin. Aber da hinten an der Tür, damit du mir nicht zu nahe kommst und dann hör mir zu", gab er nach.

Wortlos holte Gabriela sich einen Hocker und setzte sich, wie der große Meister es befohlen hatte.

„Ich muss dir etwas gestehen, aber das muss vorerst unter uns bleiben." Seine Worte wurden immer wieder durch hartnäckige Hustenanfälle unterbrochen. Dann ließ er die Katze aus dem Sack: „Wir werden das Weihnachtsfest verschieben müssen. Ich fürchte, dass ich die Schweinegrippe habe!"

So, nun war es raus! Gabriela ereiferte sich: „Schweinegrippe! Wo kannst du dich mit der Schweinegrippe angesteckt haben? Blödsinn! Diesen gefährlichen Virus bekommen unterernährte Menschen oder welche, die sich falsch ernährt haben. Und unterernährt siehst du gerade nicht aus! Menschen, die ständig unter psychischem Stress stehen, die sind auch gefährdet. Na ja, den Stress hast du ja zur Zeit. Aber..."

„Ich werde mich am Flughafen angesteckt haben!"

„Flughafen? Warst du auf dem Flughafen? Was wolltest du da?"

Kraftlos gestand der Weihnachtsmann: „Ich bin jetzt schon so alt und es fällt mir von Jahr zu Jahr schwerer, meine Pflichten am Heiligabend pünktlich zu erfüllen. Da wollte ich mich nach Flugverbindungen erkundigen, um schneller von „A" nach „B" zu kommen. Man muss ja auch mit der Zeit gehen!"

Gabriela kam aus dem Staunen nicht heraus. Er dagegen fuhr fort, nachdem er sich mit dem großen weißen, rot umrandeten Taschentuch seine rote Nase geräuschvoll geputzt hatte: „Eine Maschine aus Mallorca war gerade gelandet. Als die Fluggäste mich sahen, gab es ein großes Hallo. Sie waren wie von Sinnen, diese Braungebrannten, und jeder wollte mich umarmen. Dabei habe ich mich bestimmt angesteckt. Und jetzt? Ich kann doch nicht von Haus zu Haus gehen und mit den Geschenken auch noch die Viren verteilen! Schneller könnte sich die Pandemie nicht ausbreiten. Und ausgerechnet mich würde man dafür verantwortlich machen! Das geht nicht – wir müssen Weihnachten eben verschieben!“

Jetzt war die resolute Gabriela tatsächlich für einen Moment sprachlos. Nachdem sie diese

Neuigkeit verdaut hatte, erhob sie sich und entschied: „Ich hole sofort den Doktor. Vielleicht machst du dir zuviel Sorgen und das bekommt dir auch nicht gerade gut. Ich hoffe, dass du nur eine ganz normale Erkältung hast. Was wäre das sonst für ein Unglück!" Die letzten Worte sprach sie ganz leise, um den Kranken nicht noch mehr zu beunruhigen. Sie verschwand und als sie zurückkehrte, trug sie tatsächlich einen Mundschutz. Über diesen ungewöhnlichen Anblick musste der Weihnachtsmann fast ein wenig schmunzeln, denn so hatte er seinen vertrauten Engel Gabriela noch nie gesehen. Sie stellte einen gefüllten Wassereimer ab, zog ein paar Leinentücher aus dem Schrank und hob die Bettdecke, um an die Beine des Weihnachtsmannes zu gelangen. Der erschrak mächtig, als sie ihm die eiskalten Wadenwickel anlegte. Nur ein paar Minuten später erschien der Leibarzt des Weihnachtsmanns und untersuchte ihn gründlich. Mit Hilfe eines Schnelltests konnte der zum Glück Entwarnung geben: Keine Schweinegrippe!

Dank dieser guten Nachricht, der fürsorglichen Pflege durch Gabriela, deren Hühnersuppe, Wadenwickel und andere geheime weihnachtliche Hausmittel erholte sich der Weihnachtsmann doch noch rechtzeitig zum Fest. Die Bescherung fand, wie in all den Jahren zuvor, pünktlich am Heiligabend statt.

Kein Mensch auf Erden konnte ahnen, wie stark das Fest in diesem Jahr gefährdet war.

Alle Jahre wieder

Das Neue Jahr war traditionsgemäß wieder
lautstark von den Menschen willkommen ge-
heißen worden. Jetzt war draußen alles ruhig
und friedlich. Nur wenige Böller machten sich
noch krachend bemerkbar und einzelne Raketen
versprühten ihren Sternenregen am wolkenlosen
Himmel.

Der Hausherr betrat noch einmal Wohnzimmer
und schaute in die Runde, bevor er das Licht
ausschaltete. Komplett – eben jede Lichtquelle
in diesem Raum. Auch das der Lichterbögen, die
seit gut vier Wochen die Fenster weihnachtlich
erleuchtet hatten. Und schon begann in dem
dunklen Raum ein ungewöhnliches Murmeln
und Stöhnen.

„Na, dann geht es uns morgen wohl an den Kragen!“, seufzte einer von ihnen.

„Wie meinst du das?“, fragte der Nussknacker mit seinem großen gefräßigen Maul. „Wir haben wieder für fast elf Monate ausgedient. Man braucht uns jetzt eben nicht mehr“, antwortete der Lichterbogen.

„Meinst du, sie werden uns einfach entsorgen?“, fragte der Nussknacker ängstlich.

„Nein, nicht entsorgen. Sie werden uns verpacken und wir haben die nächsten Monate im großen Karton im Keller zu verbringen. Wenn wir Glück haben, benutzen sie dazu sogar Seidenpapier. Dann beginnt unser Frühlings-, Sommer- und Herbstschlaf“, mischte sich der weiße Porzellanengel ein.

„Wie? Sie warten nicht den Feiertag der Heiligen Drei Könige ab?“

„Nein, das kennen wir schon. Hat das Neue Jahr erst begonnen, sind wir lästig geworden. Wenn sie uns zum ersten Adventssonntag aufstellen, bestaunen sie uns mit großen Augen und freuen sich über uns. Aber jetzt..!“

„Das kann ich bestätigen,“ meldete sich der große Weihnachtsmann zu Wort. „Sie konnten sich nicht satt sehen, als sie mich aufstellten. Sie strichen immer wieder über meinen roten Samt-Mantel. Wäre es jetzt hell, könntet ihr sehen, wie staubig er inzwischen geworden ist.“

„Wenn ich Glück habe, darf ich noch ein paar Tage lang stehen bleiben,“ sprach der Weih-nachtsbaum. „Natürlich haben sie vergessen, meinen Stamm zu wässern, so dass meine Nadeln auch nicht mehr ganz fest sitzen. Doch es bedeutet Arbeit, mich zu plündern und die Zeit haben sie noch nicht. Mich kann man schließlich nicht einfach in Seidenpapier verpacken. Und übrigens habt ihr es gut, denn ihr werdet überleben. Ich dagegen werde wirklich entsorgt."

Die goldenen und roten Kugeln, die Glöckchen und die Strohsterne machten sich ebenfalls Gedanken über ihre Zukunft, denn beim Schmücken des Weihnachtsbaums mussten sie hören: „Im nächsten Jahr schmücken wir ihn lila! Alles wird lila sein, das muss toll aussehen!"

Betretenes Schweigen unter der Weihnachtsdekoration. Im Grunde gab es unter ihnen ein Konkurrenzdenken, denn jedes Teil von ihnen wollte in der Weihnachtszeit am meisten bewundert werden. Doch das bevorstehende Schicksal schmiedete sie zusammen.

Der zarte Weihnachtsengel wisperte: „Hoffentlich verpacken sie mich in diesem Jahr behutsamer. Im letzten Jahr haben sie mir einen Flügel verknickt. Das hat mich monatelang richtig gequält.“

„Mich hat nur eine gequält und das war das kleine Mädchen, dass gerade laufen konnte. Immer wieder hat sie meinen Kopf in den Mund genommen, als wäre der ihr Schnuller. Jetzt könnt ihr es nicht sehen, aber die rote Farbe von meiner Mütze ist schon ganz blass geworden,“ jammerte der kleine Weihnachtsmann.

„Ich bin so froh, dass ich hier bei euch sein durfte,“ meldete sich der goldene Keramik-Engel.

„Wieso?“, hörte man gleich mehrere Stimmen.

„Wochenlang wurde ich von einem Flohmarkt zum nächsten geschleppt. Dann haben mich die

Herrschaften entdeckt und ich durfte mit euch in der Stube stehen. Wer weiß, wie mein Schicksal sonst verlaufen wäre! Wenn sie mich jetzt einpacken wollen, schaue ich sie ganz lieb an, um ihnen zu zeigen, dass ich ihr Schutzengel bin! Und den braucht man doch das ganze Jahr über, oder?"

Die Anderen schwiegen eine Weile. Täuschte es, oder klang die Stimme des dickbäuchigen Schneemanns etwas zynisch, als er den neben ihm platzierten Engel fragte: „Was meinst du? Was machen sie mit dir?" Beide trugen einen offenen Rücken, in dessen Öffnung man ein brennendes Teelicht setzen konnte. Der Lichtschein fiel dann dekorativ durch die sternförmigen Öffnungen ihrer Keramikkörper. Leider hatte jemand die Kerze beim Engel nicht genau in die Mitte gesetzt. In den Achselhöhlen, gleich unter dem Flügelansatz hatte sich das weiße Engelskleid schwärzlich verfärbt.

Noch bevor der Engel sich dazu äußern konnte, erklang eine Stimme aus der Krippe. Josef meldete sich mit ruhiger fester Stimme: „ Könnt ihr nicht leise sein, das Kind in der Krippe schläft doch schon!

Es kommt ohnehin alles so, wie es kommen muss.“

Der Weihnachtsstreik

Am dritten Adventssonntag trafen die Mitglieder der Pferdegewerkschaft „PS", Unterbezirk „Heiligabend" zusammen. Sie waren fast alle gekommen, denn diese Zusammenkunft betraf sie und lag ihnen sehr am Herzen. Die Pferde waren aus allen Himmelsrichtungen geritten und warteten gespannt auf das Abstimmungsergebnis: „Streik" oder „Kein Streik".
Eins war ihnen klar, die Tatsache, dass es nur einen Weihnachtsmann gab. Nur wusste inzwischen sogar jedes Kind, dass ein Weihnachtsmann die ganze Arbeit am Heiligabend nicht allein bewältigen konnte. Er brauchte Helfer, nämlich Unter-Weihnachtsmänner, die ihn bei der Bescherung unterstützten.

Die Pferde waren sich einig darüber, dass früher alles anders war. Da waren die Wünsche der Menschen eher bescheiden. Da war jeder froh, wenn er ein oder zwei festlich geschmückte Geschenke bekam. Und jetzt? Manchmal waren gleich zehn Pakete für ein Kind bestimmt! Das bedeutete gleichzeitig, dass sie viel mehr als in früheren Jahren zu transportieren hatten. Damals lag meistens Schnee und der Schlitten ließ sich besser ziehen. Doch in den letzten Jahren gab es häufig Schmuddelwetter am Heiligabend und das machte ihre Arbeit noch mühsamer. Es hieß also: Mehr Arbeit zu erschwerten Bedingungen. Dazu immer diese Eile! Jedes Mal saß ihnen die knappe Zeit im Nacken. Das ewige rasante Losgaloppieren und der plötzliche Stopp ging gewaltig auf die Pferdegelenke. Und was bekamen sie zum Dank? Kein

Körnchen Getreide mehr oder eine Extra-Möhre und nicht mal ein Zückerchen. Knecht Ruprecht konnte ganz schön grob mit der Rute auf sie einschlagen.

Nein, das alles wollten sie sich nicht weiter gefallen lassen. Die Pferde waren traurig, weil sie so wenig Beachtung fanden. Die Kinder bestaunten ehrfürchtig den Weihnachtsmann, himmelten das süße Christkind an, akzeptierten Knecht Ruprecht, doch sie, die Pferde wurden einfach ignoriert.

Einige der Pferde warnten jedoch: Seit Jahren waren die Rentiere aus den skandinavischen Ländern als Gastarbeiter vorgedrungen und hatten sich sogar als bessere „Renntiere" bewiesen. In Amerika hatten sie schon lange diesen Part übernommen. Und das Kuriose war, dass sie die Akzeptanz der Menschen fanden.

Was hatten die Pferde nicht schon alles mit
Rentiergeweih verziert gesehen? Da gab es
Mützen, Figuren, Becher und vieles andere
mehr. In einigen Vorgärten entdeckten sie be-
leuchtete Schlitten, von einem Rentier gezogen.
Das war tatsächlich eine ernst zu nehmende
Konkurrenz. Die Melodie von Rudolph, dem
rotnasigen Rentier war in aller Menschen
Munde, doch wer dachte jemals an sie – die
schwer arbeitenden Weihnachtspferde?
Der Gewerkschaftsboss der Pferdegewerkschaft
„PS" stampfte laut und vernehmlich mit dem
Huf auf und erbat sich Gehör:
„ Liebe Genossen Weihnachtspferde,
in gut einer Woche ist Heiligabend. Seid deshalb
friedlich und erledigt eure Arbeit wie in jedem
Jahr. Akzeptiert die Rentiere, denn sie nehmen
euch einen Teil der Arbeit ab. Freut euch, dass

gerade ihr diese überaus traditionsreiche und ehrenvolle Arbeit übernehmen dürft. Wer weiß, in einigen Jahren fährt der Weihnachtsmann mit dem Auto von Haus zu Haus, um die Geschenke zu verteilen. Das soll sogar schon vorgekommen sein. Deshalb, seid friedlich!"

Den letzten Satz wiederholte er voller Nachdruck.

Die Pferde wieherten und waren im Grunde ihres Herzens froh, dass der Streik abgewendet wurde. Einige von ihnen freuten sich schon auf das bevorstehende Weihnachtsfest. Es schneite und genau das würde ihnen die Arbeit erheblich erleichtern.

Nikolausüberraschung

Der siebenjährige Sebastian lebte mit seiner Mutter und Großmutter zusammen in einem schönen Haus in ländlicher Gegend. Nebenan wohnten seine Großeltern – die Eltern seines Vaters. Sebastian lernte schnell, die sich ihm daraus bietenden Vorteile zu nutzen, denn seine Wünsche konnte er gleich dreifach äußern. Er konnte meistens sicher sein, dass sie einer erfüllte. Es war auch schwer, dem kleinen Sunnyboy etwas abzuschlagen. Kurzum – Sebastian hatte alles, was er brauchte und vielleicht noch ein wenig mehr. In der Nachbarschaft lebte außerdem noch eine alte Tante, die nicht nur zu besonderen Anlässen mit zum Familienkreis zählte.

Schon seit langem wünschte sich Sebastian eine
Mütze seines Lieblings-Fußballvereins. Die
Großmutter von nebenan wollte ihm gern diesen
Wunsch am Nikolaustag erfüllen. Ihr Mann war
allerdings der Meinung, dass das gekaufte
Spielzeug und die Süßigkeiten für diesen Anlass
ausreichend waren. Heimlich kaufte sie das
Objekt Sebastians Begierde doch.

Alle Geschenke verstaute sie in einem schönen
Nikolaussack und hing diesen in aller Herrgottsfrühe von außen an die Klinke der nach-
barlichen Haustür, bevor sie zur Arbeit ging.
Schade, dass sie Sebastians Augen nicht sehen
konnte, wenn er auf dem Weg zur Schule den
Beutel fand. Sehr gespannt war sie auf
Sebastians Reaktion und konnte den Feierabend,
der eigentlich Feiermittag war, kaum erwarten.

Sie konnte es kaum fassen, als ihr Enkel seine Nikolaus-Geschenke präsentierte. Aber was war denn das? Keine Mütze!? Kein Wort vom Beutel an der Haustür? Sie konnte die Welt nicht mehr verstehen und platzte fast an dem, was sie in Sebastians Beisein nicht diskutieren konnte. Auch mit ihrem Mann durfte sie darüber nicht reden, denn der würde sich schrecklich aufregen, weil sie doch die grün-weiße Mütze ganz gegen die Abmachungen gekauft hatte. Erst Stunden später konnte sie bei Sebastians Mutter den aufgestauten Dampf ablassen. Die beiden zogen sogar in Erwägung, dass die Zeitungsfrau der Meinung war, man wolle sie überraschen. Doch was sollte die mit einer Kindermütze anfangen? Sicher hätte sie diesen Irrtum doch aufgeklärt. Irgendeiner musste die Überraschungen einfach geklaut haben, denn der Beutel samt Inhalt blieb verschollen.

Zur Bescherung am Heiligabend saßen außer Sebastian und seine Mutter noch die beiden Omas, der Opa und die alte Tante in der festlich geschmückten Stube. Die Tante war es, die das Gespräch auf die verschwundene Mütze lenkte. Sie bekam daraufhin einen sanften Knuff der links von ihr sitzenden Oma, von der anderen einen von rechts. Doch die Tante blieb hartnäckig und fragte: „Habt ihr die Zeitungsfrau denn nun angesprochen? Wie hat sie reagiert?“ Zeitungsfrau? Für die interessierte Sebastian sich nicht, doch sein Opa wurde hellhörig. Sebastians Mutter versuchte, das Gespräch in andere Bahnen zu lenken. In solchen Fällen ist das Wetter immer ein ergiebiges Thema, doch es klappte nicht. Die Tante bohrte weiter: „Was will die auch mit einer Kindermütze! Na, vielleicht hat sie die gleich wieder verschenkt!“ Sie konnte es nicht lassen und wollte den brisanten Fall gelöst wissen. Dabei blieb sie so eharrlich, bis endlich nun auch der Opa alle Einzelheiten haarklein erfuhr. Alle? Nein, wo die Mütze nun wirklich geblieben war, konnte auch er nicht klären. Wohl aber musste er einsehen, dass die Frauen meistens doch ihren Willen durchsetzen. Er machte gute Miene zum bösen Spiel, schließlich war ja Weihnachten.

Geplatzte Träume

Er war ein Prachtexemplar und dessen war er sich auch bewusst. Nur ganz erlesene Zutaten waren bei seiner Herstellung verwendet worden. Der Körper des großen Schokoladenweihnachtsmannes wurde schon vor Wochen in eine edel aussehende, bunte Folie gehüllt. Fünf einzeln verpackte, ebenso köstliche Kringel, Zapfen und Kugeln, gefüllt mit Champagner-Trüffel und Amaretto-Mousse, wurden gleichzeitig mit dem Weihnachtsmann in einer Cellophantüte verpackt und mit einer weihnachtlichen Schleife versehen. Die Confisserieabteilung des Kaufhauses hatte zehn dieser exklusiven Weihnachtsleckereien bestellt. Nur zehn! Grund dafür war vermutlich der stolze Preis. Den

Menschen saß das Geld auch zu Weihnachten nicht mehr so locker in der Tasche und sie griffen eher zur angebotenen Massenware mit dem Allerweltsgeschmack. Nach und nach hatten neun dieser Geschenkverpackungen mit dem feinen Inhalt einen Käufer finden können. Der Countdown lief, denn Heiligabend stand unmittelbar vor der Tür. Die meisten Regale mit den Weihnachtssüßigkeiten wurden in den letzten Stunden fast leer geplündert. Der leckerste aller Schokoladenweihnachtsmänner blickte erwartungsvoll die potentiellen Käufer an, doch leider vergeblich. Gerade noch hatte ihn eine Dame in die Hand genommen. Der hohe Preis schreckte sie ab und sie stellte ihn entschlossen wieder an seinen Platz zurück. Er hörte noch gerade ihre Bemerkung: „12 Euro fünfzig! Ich glaub, ich spinne!"

Das tat dem Weihnachtsmann so weh und er schaute traurig in die Runde. Er selbst wusste, dass dieser Preis gerechtfertigt war, aber das nützte ihm gar nichts. Das Kaufhaus leerte sich, denn es ging auf Feierabend zu. Gerade hörte er noch die Stimme des Filialleiters: „Frau Weber, räumen Sie gleich am Mittwochmorgen alle Weihnachtssüßigkeiten zusammen und zeichnen sie mit rotem Schild zum halben Preis aus."
Dann wurde es still.
Der Edel-Schokoladenweihnachtsmann wusste, dass auch ihm dieses Schicksal blühen würde. Er, das Exemplar mit dem Gütesiegel für Qualität, sollte verramscht werden. Unglaublich! Er grübelte, was er unternehmen könnte, doch es fiel ihm nichts ein. Abends hörte er den Glockenklang und spürte wehmütig die Weihnachtsstimmung. Wie gern hätte er doch unter

einem Tannenbaum gelegen und ein Menschen-
herz erfreut!

Erst nachts kam ihm eine Idee, die er sofort in
die Tat umsetzte. Wenn ihm schon kein schönes
Weihnachtsfest vergönnt war, musste er selbst
dafür sorgen. Jetzt wollte er sich selbst ver-
wöhnen und knibbelte die erste goldene Hülle
des Champagnertrüffel-Kringels auf. Erst biss er
nur zaghaft hinein, doch dann verschlang er
gierig die gesamte Köstlichkeit. Es schmeckte
ihm hervorragend und er beschloss, nun auch
den Zapfen mit der nach Mandellikör
schmeckenden Mousse zu vertilgen. Am meisten
Mühe machte es ihm, den Inhalt aus der
Stanniol-Verpackung zu lösen. Auch dieses
Mahl genoss er ohne Reue. Lecker, einfach
lecker! Die Menschen hatten selbst Schuld,
wenn sie sich um diesen Genuss brachten. Im

Grunde war er mehr als satt, nachdem er das vierte Stück vertilgt hatte. Er frohlockte, als er bereits etwas beschwipst darüber nachdachte, dass seine Mitweihnachtsmänner als Hohlkörper verschenkt wurden. Er war schon etwas Besonderes, denn er war jetzt köstlich gefüllt. Als er sich herab beugte, um die letzte Nuss zu packen, geschah es: Sein rot-goldenes Weihnachtsmäntelchen platzte erst am Bauch und dann auch noch am Rücken. Die Schokoladenmischung schoss mit einer solchen Kraft aus seinem Körper, dass auch noch die Cellophantüte platzte und sein Inhalt über die anderen nicht verkauften Weihnachtssüßigkeiten spritzte. Der Weihnachtsmann hatte seinem Leben selbst ein glückliches Ende gesetzt. Vielleicht war es gut, dass er am Mittwochmorgen nicht mehr Frau Webers Stimme hören musste: „Was ist hier denn für eine Sauerei passiert? Den Kram können wir jetzt nur noch entsorgen!“

Ein Geschenk für Mama

Sie waren schon seit acht Jahren ein ganz starkes Team: Sabine Hoffmann und ihre Kinder Nicole und Tobias. Tobias war erst ein Jahr alt, als sein Vater damals tödlich verunglückte. Mutter Sabine arbeitete in einer Behörde und stand ihren Kindern erst ab sechzehn Uhr wieder zur Verfügung. Nicole war zehn Jahre älter als ihr kleiner Bruder und kümmerte sich schon seit Jahren während der Abwesenheit der Mutter um ihn. So war es nicht verwunderlich, dass sich zwischen den Geschwistern ein ganz besonderes Verhältnis entwickelt hatte. Tobias hatte es schon immer vorgezogen, seiner Schwester die kleine Sünden zu beichten. Seine kleine Welt geriet ins Wanken, als Nicole wegen ihres

Studiums in eine andere Stadt zog. Obwohl sie jedes Wochenende nach Hause kam, vermisste Tobias sie schmerzlich. Trösten konnten ihn wenigstens die Verbindungen per E-Mail mit seiner geliebten Schwester und davon machte er manchmal mehrfach am Tag Gebrauch.

Am 15. Dezember erhielt er eine Nachricht von Nicole mit folgendem Text: „Tobi, denk daran: In neun Tagen ist Heiligabend. Hast du schon ein Geschenk für Mama besorgt? Hast du überhaupt schon eine Idee? Und genug Geld?“ Der Neunjährige antwortete: „Hab noch 15 Euro, aber keine Idee! Ist ja noch viel Zeit!“ Nicole griff das Thema am nächsten Tag wieder auf: „Tobi, hattest du eine Idee? Vielleicht freut Mama sich über einen schönen Duft! Überleg mal, ob du ihr so etwas kaufst. Im Bad steht doch Mamas Lieblingsdeo und ihr Duschbad!

Was meinst du, was sie am liebsten riechen mag?"

Und Tobi mailte zurück: „Mama sagt immer, dass ich nach dem Duschen am besten rieche und ich nehme doch das Kinder-Duschbad! Meinst du, dass das richtig ist?"

Er erhielt die enttäuschende Antwort, dass ein Kinderduschbad für seine Mama nicht geeignet schien. Sieben Tage vor Heiligabend schickte Tobi wieder eine E-Mail an seine Schwester: „Hab nur noch fünf Euro und zehn Cent. Hatte meine Handschuhe verloren und neue gekauft, damit Mama nichts merkt. Ich glaube, ich male ihr ein schönes Bild!"

Nicoles Antwort tröstete ihn: „In zwei Tagen bin ich Zuhause und geb' dir noch etwas Geld, damit du etwas Schönes kaufen kannst! Pass aber in Zukunft auf deine Handschuhe auf."

Bei Nicoles Besuch wurde Tobis Barvermögen durch die große Schwester wieder auf zehn Euro aufgestockt. Nun war sie gespannt, welches Geschenk ihr kleiner Bruder für die Mutter kaufen würde. Fünf Tage vor Weihnachten erhielt Nicole immer noch keine Erfolgsmeldung. Am nächsten Tag, noch bevor sie nachfragen konnte, kam die nächste E-Mail von Tobi: „Hab nur noch drei Euro und fünfzig Cent. Musste Kleber kaufen. Was soll ich machen? Doch ein Bild malen?"

Nicoles Antwort klang etwas vorwurfsvoll: „Tobi, du weißt doch, dass der Alleskleber und die Klebestreifen in der oberen linken Schublade liegen. Wozu musstest du noch Kleber kaufen?"

Seine Antwort war kurz: „Weil der, den wir hatten, nicht hielt!"

Nicole interessierte sich nun brennend dafür, was ihr Bruder denn so dringend zu kleben hatte. Und der gestand seiner Schwester per Mail: „Ich hatte die alte Zwille wiedergefunden. Aus Versehen habe ich dem Esel in der Krippe den Kopf abgeschossen. Ehrlich – nur aus Versehen! Und das sollte Mama doch nicht merken. Vielleicht sieht sie es aber doch: Der Kopf hält bombenfest, ist aber jetzt ein bisschen schief!“

Nicole amüsierte sich zwar über Tobis Aktivitäten, aber das durfte er nicht merken.

Am nächsten Tag die erlösende Nachricht: „Hab Geschenk für Mama besorgt und ganz schön eingepackt. Ich hab dazu den neuen Kleber gebraucht. Eine Zeit lang waren mein Zeige-finger und mein Mittelfinger auch zusammengeklebt. Hab sie aber wieder auseinander gekriegt! Ein Bild habe ich auch noch gemalt."

Nicole war sehr gespannt, was Tobi für seine Mutter unter den Tannenbaum gelegt hatte. Und Sabine Hoffmann heuchelte große Freude, als sie es auspackte. Zum Vorschein kamen drei Überraschungseier und zwei Tafeln Kinder-Schokolade. Tobis Bilder wurden von Jahr zu Jahr besser, das stellten seine Mutter und seine Schwester schmunzelnd fest.

Der Schneemann

Es schien, als sollte es nicht Tammos Tag
werden. Als seine Mutter ihn im Kindergarten
abliefern wollte, musste sie erfahren, dass der
wegen einiger Scharlach-Fälle vorerst geschlossen blieb. Ausgerechnet ein paar Tage vor
Weihnachten!
Tammo hatte es gut, denn seine Mutter war zu
Hause und konnte sich mit ihm beschäftigen,
solange seine Geschwister, die Zwillinge Mattis
und Emilia, noch in der Schule waren. Doch
Tammo war bockig, denn viel lieber hätte er mit
den anderen Kindern seiner Gruppe gespielt und
gebastelt. Weil seine Quengelei immer größer
wurde, steckte seine Mutter ihn in die warme

Jacke, damit er draußen im Schnee sein Mütchen kühlen konnte.

In der Nacht hatte es kräftig geschneit und eine dicke Schneeschicht bedeckte das Land. Tammo langweilte sich fürchterlich. Missmutig formte er Schneebälle, aber nicht einmal das wollte ihm wegen der dicken Handschuhe so recht gelingen. Als der Fünfjährige Nachbars schwarz-weiße Katze entdeckte, begann er leise zu summen: „ABC – die Katze läuft im Schnee". Tammo ärgerte sich über sich selbst, denn tatsächlich wollte sich da gerade ein Hauch besserer Laune ausbreiten.

Eben diese Mieze könnte doch ein wunderbares Ziel werden. Ja, er wollte heute böse sein, genau das hatte er sich vorgenommen. Wütend versuchte er, die Katze zu treffen. Den ersten Schneeball feuerte er beim „C" des Reimes ab, den zweiten beim „Schnee". Weiter kam er nicht, denn die Katze suchte fluchtartig das Weite. Wenn Mattis und Emilia wenigsten hier wären, könnten sie eventuell zusammen einen Schneemann bauen. Warum sollte er nicht schon einmal damit anfangen? Er rollte die erste Kugel und freute sich darüber, wie schnell ihr Umfang wuchs. Offensichtlich beruhigte ihn diese Tätigkeit.

Als seine Geschwister aus der Schule kamen, hatte er bereits den Kopf fertig und mühte sich mit der oberen Hälfte des Rumpfes ab. Gleich nach dem Mittagessen freute er sich über die Unterstützung durch Mattis und Emilia. Die Drei arbeiteten mit roten Wangen und großer Begeisterung. Die dickste Kugel schoben sie gemeinsam durch den Schnee. Doch dann waren sie ratlos, denn die Schneekugeln hatten solche

Ausmaße angenommen, dass es ihnen nicht gelingen wollte, sie übereinander zu setzen. Traurig kapitulierten sie und verkrochen sich in der warmen Stube, in der ihre Mutter heißen Kakao und leckere Lebkuchen für sie bereit hielt.

Der Schneemann? Da konnte nur einer helfen, und zwar ihr Vater. Am morgigen Samstag war der zu Hause und sollte unterstützend eingreifen. Dazu wollten sie ihn verdonnern! Inzwischen überlegten die Kinder, wie sie das Gesicht ihres Schneemanns gestalten könnten. Die Nase, das war ja einfach - als Nase wollten sie dem weißem Mann eine Karotte mitten ins Gesicht stecken. Aber die Augen? Sie rätselten, doch leider hatte zunächst keiner eine Idee. „Ich hab's", kündigte Tammo an. „Wir schneiden zwei Knöpfe von Mamas Mantel ab. Die sind schön groß!" Die Geschwister bremsten ihn gerade noch, als Tammo schon nach einer Schere suchte.

„Wir fragen Mama, ob sie etwas Besseres hat", schlug Emilia vor.

Eine Mama weiß immer Rat und so freuten sie sich über deren Vorschlag, für die Augen zwei Äpfel zu verwenden. Den Mund wollte die Mutter aus der Schale einer großen Melone schneiden. Als der Vater abends noch seine Hilfe in Aussicht stellte, war das Projekt „Schneemann" gerettet..

Am nächsten Morgen tummelte sich der Vater mit seinen drei Rangen im Schnee. Selbst er hatte Mühe, die riesigen Schneekugeln aufein-ander zu setzten, während Nachbars Katze das Geschehen aus sicherer Entfernung beobachtete.

„Ich hab da eine Idee", schmunzelte der Vater

und verschwand für einen Moment. Als er zurückkehrte, trug er einen roten Weihnachtsmann-Mantel über dem Arm und schlug vor: „Schaut mal, den ziehen wir ihm jetzt an!"

Er legte dem stattlichen Schneemann den Mantel um die Schultern und band den Gürtel um dessen Taille. So recht begeistert waren alle Vier nicht, denn die Ärmel schlackerten leer und kraftlos im kalten Ostwind.

„Passt mal auf, die stopfen wir mit Schnee aus! Ich biege erst ein paar Drähte zur Verstärkung zurecht, das muss gehen", meinte der Vater.

Eifrig füllten die Kinder die Ärmel des roten Mantels, die sich dank Vaters Geschick sogar etwas anwinkeln ließen. Nachdem der Schneemann jetzt mit Apfelaugen, Karottennase und Melonenschalenmund versehen war und sie ihm die Kapuze aufgesetzt hatten, überlegten sie, ob sie nun ein Schnee-Weihnachtsmann oder einen Weihnachts-Schneemann gebaut hatten. Da die Wetterlage beständig schien, würden sie noch bis nach dem Weihnachtsfest Freude an ihrem gemeinsamen Werk haben.

Am Montagmorgen war der Kindergarten immer noch geschlossen und Tammo war wieder allein und mopste sich. Mattis und Emilia waren in der Schule und sein Vater im Dienst. Weil Tammo schon wieder seine Hörnchen aufgesteckt hatte, schickte seine Mutter ihn nach draußen in den Schnee.
Schmollend rollte er Schneebälle auf Vorrat und zielte erst auf die rote Nase und dann auf das Schneehäubchen über der Kapuze des Schnee- manns, denn Mieze aus der Nachbarschaft war als Zielscheibe nicht in Sicht.

Christa Bohlmann
geb. 1945, verheiratet, Bankkauffrau
seit Jan. 2008 im Ruhestand

Bereits veröffentlicht:
2000   **Erinnerungen**
        Es ist im Leben nie zu spät, wenn endlich
        dir ein Licht aufgeht.
        Heitere Schmunzelgeschichten aus den
        50er/60er-Jahren

2001   **Mixed-Pickles**
        Anekdotensammlung: Wirkliches,
        Erlauschtes. Erlebtes, Erdachtes

2002   **Kein Schatten ohne Licht**
        Diagnose Brustkrebs

2003   **Die Buschs**
        Blicke hinter die Kulisse einer Kleinstadt-
        Idylle, Roman

2005   **Kalle Korn**
        Aus dem Leben eines Ermittlers, Roman

2006   **Bad Meinberg – einmal anders gesehen**
        Fantastische Erzählung